Tamango

Prosper Mérimée

Tamango

Le capitaine Ledoux était un bon marin. Il avait commencé par être simple matelot, puis il devint aide-timonier. Au combat de Trafalgar, il eut la main gauche fracassée par un éclat de bois ; il fut amputé, et congédié ensuite avec de bons certificats. Le repos ne lui convenait guère, et, l'occasion de se rembarquer se présentant, il servit, en qualité de second lieutenant, à bord d'un corsaire. L'argent qu'il retira de quelques prises lui permit d'acheter des livres et d'étudier la théorie de la navigation, dont il connaissait déjà parfaitement la pratique. Avec le temps, il devint capitaine d'un lougre corsaire de trois canons et de soixante hommes d'équipage, et les caboteurs de Jersey conservent encore le souvenir de ses exploits. La paix le désola : il avait amassé pendant la guerre une petite fortune, qu'il espérait augmenter aux dépens des Anglais. Force lui fut d'offrir ses services à de pacifiques négociants ; et, comme il était connu pour un homme de résolution et d'expérience, on lui confia facilement un navire. Quand la traite des Nègres fut défendue, et que, pour s'y livrer il fallut non seulement tromper la vigilance des douaniers français, ce qui n'était pas très difficile, mais encore, et c'était le plus hasardeux, échapper aux croiseurs anglais, le capitaine Ledoux devint un homme précieux pour les trafiquants de bois d'ébène.

Bien différent de la plupart des marins qui ont langui longtemps comme lui dans les postes subalternes, il n'avait point cette horreur profonde des innovations, et cet esprit de routine qu'ils apportent trop souvent dans les grades supérieurs. Le capitaine Ledoux, au contraire, avait été le premier à recommander à son armateur l'usage des caisses en fer, destinées à contenir et conserver l'eau.

À son bord, les menottes et les chaînes, dont les bâtiments négriers ont provision, étaient fabriquées d'après un système nouveau, et soigneusement vernies pour les préserver de la rouille.

Mais ce qui lui fit le plus d'honneur parmi les marchands d'esclaves, ce fut là construction, qu'il dirigea lui-même, d'un brick destiné à la traite, fin voilier, étroit, long comme un bâtiment de guerre, et cependant capable de contenir un très grand nombre de Noirs. Il le nomma L'Espérance. Il voulut que les entreponts, étroits et rentrés, n'eussent que trois pieds quatre pouces de haut, prétendant que cette dimension permettait aux esclaves de taille raisonnable d'être commodément assis et quel besoin ont-ils de se lever ?

"Arrivés aux colonies, disait Ledoux, ils ne resteront que trop sur leurs pieds !" Les Noirs, le dos appuyé aux bordages du navire, et disposés sur deux lignes parallèles, laissaient entre leurs pieds un espace vide, qui, dans tous les autres négriers, ne sert qu'à la circulation. Ledoux imagina de placer dans cet intervalle d'autres Nègres, couchés perpendiculairement aux premiers. De la sorte, son navire contenait une dizaine de Nègres de plus qu'un autre du même tonnage. À la rigueur, on aurait pu en placer davantage ; mais il faut avoir de l'humanité, et laisser à un Nègre au moins cinq pieds en longueur et deux en largeur pour s'ébattre pendant une traversée de six semaines et plus : "Car enfin, disait Ledoux à son armateur pour justifier cette mesure libérale, les Nègres, après tout, sont des hommes comme les Blancs." L'Espérance partit de Nantes un vendredi, comme le remarquèrent depuis des gens superstitieux.

Les inspecteurs qui visitèrent scrupuleusement le brick ne découvrirent pas six grandes caisses remplies de chaînes, de menottes, et de ces fers que l'on nomme, je ne sais pourquoi, barres de justice. Ils ne furent point étonnés non plus de l'énorme provision d'eau que devait porter L'Espérance, qui, d'après ses papiers, n'allait qu'au Sénégal pour y faire le commerce de bois et d'ivoire. La traversée n'est pas longue, il est vrai, mais enfin le trop de précautions, ne peut nuire. si l'on était surpris par un calme, que deviendrait-on sans eau ?

L'Espérance partit donc un vendredi, bien gréée et bien équipée de tout. Ledoux aurait voulu peut-être des mâts un peu plus solides ; cependant, tant qu'il commanda le bâtiment, il n'eut point à s'en plaindre. sa traversée fut heureuse et rapide jusqu'à la côte d'Afrique. Il mouilla dans la rivière de Joale (je crois) dans un moment où les croiseurs anglais ne surveillaient point cette partie de la côte. Des courtiers du pays vinrent aussitôt à bord. Le moment était on ne peut plus favorable ; Tamango, guerrier fameux et vendeur d'hommes, venait de conduire à la côte une grande quantité d'esclaves ; et il s'en défaisait à bon marché, en homme qui se sent la force et les moyens d'approvisionner promptement la place, aussitôt que les objets de son commerce y deviennent rares.

Le capitaine Ledoux se fit descendre sur le rivage, et fit sa visite à Tamango. Il le trouva dans une case en paille qu'on lui avait élevée à la hâte, accompagné de ses deux femmes et de quelques sous-marchands et conducteurs d'esclaves. Tamango s'était paré pour recevoir le capitaine blanc.

Il était vêtu d'un vieil habit d'uniforme bleu, ayant encore les galons de caporal ; mais sur chaque épaule pendaient deux épaulettes d'or attachées au même bouton, et ballottant, l'une par-devant, l'autre par-derrière. Comme il n'avait pas de chemise, et que l'habit était un peu court pour un homme de sa taille, on remarquait entre les revers blancs de l'habit et son caleçon de toile de Guinée une bande considérable de peau noire qui ressemblait à une large ceinture. Un grand sabre de cavalerie était suspendu à son côté au moyen d'une corde, et il tenait à la main un beau fusil à deux coups, de fabrique anglaise. Ainsi équipé, le guerrier africain croyait surpasser en élégance le petit-maître le plus accompli de Paris ou de Londres.

Le capitaine Ledoux le considéra quelque temps en silence, tandis que Tamango, se redressant à la manière d'un grenadier qui passe à la revue devant un général étranger jouissait de l'impression qu'il croyait produire sur le Blanc. Ledoux, après l'avoir examiné en connaisseur se tourna vers son second, et lui dit : "voilà un gaillard que je vendrais au moins mille écus, rendu sain et sans avaries à la Martinique." On s'assit, et un matelot qui savait un peu la langue zolofe servit d'interprète. Les premiers compliments de politesse échangés, un mousse apporta un panier de bouteilles d'eau-de-vie ; on but, et le capitaine, pour mettre Tamango en belle humeur, lui fit présent d'une jolie poire à poudre en cuivre, ornée du portrait de Napoléon en relief. Le présent accepté avec la reconnaissance convenable, on sortit de la case, on s'assit à l'ombre en face des bouteilles d'eau-de-vie, et Tamango donna le signal de faire venir les esclaves qu'il avait à vendre.

Ils parurent sur une longue file, le corps courbé par la fatigue et la frayeur, chacun ayant le cou pris dans une fourche longue de plus de six pieds, dont les deux pointes étaient réunies vers la nuque par une barre de bois. Quand il faut se mettre en marche, un des conducteurs prend sur son épaule le manche de la fourche du premier esclave ; celui-ci se charge de la fourche de l'homme qui le suit immédiatement ; le second porte la fourche du troisième esclave, et ainsi des autres. s'agit-il de faire halte, le chef de file enfonce en terre le bout pointu du manche de sa fourche, et toute la colonne s'arrête. On juge facilement qu'il ne faut pas penser à s'échapper à la course, quand on porte attaché au cou un gros bâton de six pieds de longueur. À chaque esclave mâle ou femelle qui passait devant lui, le capitaine haussait les épaules, trouvait les hommes chétifs, les femmes trop vieilles ou trop jeunes et se plaignait de l'abâtardissement de la race noire.

"Tout dégénère, disait-il ; autrefois, c'était bien différent. Les femmes avaient cinq pieds six pouces de haut, et quatre hommes auraient tourné seuls le cabestan d'une frégate, pour lever la maîtresse ancre." Cependant, tout en critiquant, il faisait un premier choix des Noirs les plus robustes et les plus beaux.

Ceux-là, il pouvait les payer au prix ordinaire ; mais, pour le reste, il demandait une forte diminution.

Tamango, de son côté, défendait ses intérêts, vantait sa marchandise, parlait de la rareté des hommes et des périls de la traite. Il conclut en demandant un prix, je ne sais lequel, pour les esclaves que le capitaine blanc voulait charger à son bord.

Aussitôt que l'interprète eut traduit en français la proposition de Tamango, Ledoux manqua tomber à la renverse de surprise et d'indignation ; puis, murmurant quelques jurements affreux, il se leva comme pour rompre tout marché avec un homme aussi déraisonnable. Alors Tamango le retint ; il parvint avec peine à le faire rasseoir. Une nouvelle bouteille fut débouchée, et la discussion recommença. Ce fut le tour du Noir à trouver folles et extravagantes les propositions du Blanc. On cria, on disputa longtemps, on but prodigieusement d'eau-de-vie ; mais l'eau-de-vie produisait un effet bien différent sur les deux parties contractantes.

Plus le Français buvait, plus il réduisait ses offres, plus l'Africain buvait, plus il cédait de ses prétentions. De la sorte, à la fin du panier, on tomba d'accord. De mauvaises cotonnades, de la poudre, des pierres à feu, trois barriques d'eau-de-vie, cinquante fusils mal raccommodés furent donnés en échange de cent soixante esclaves.

Le capitaine, pour ratifier le traité, frappa dans la main du Noir plus qu'à moitié ivre, et aussitôt les esclaves furent remis aux matelots français, qui se hâtèrent de leur ôter leurs fourches de bois pour leur donner des carcans et des menottes en fer ; ce qui montre bien la supériorité de la civilisation européenne.

Restait encore une trentaine d'esclaves : c'étaient des enfants, des vieillards, des femmes infirmes. Le navire était plein.

Tamango, qui ne savait que faire de ce rebut, offrit au capitaine de les lui vendre pour une bouteille d'eau-de-vie la pièce.

L'offre était séduisante. Ledoux se souvint qu'à la représentation des Vêpres Siciliennes à Nantes, il avait vu bon nombre de gens gros et gras entrer dans un parterre déjà plein, et parvenir cependant à s'y asseoir, en vertu de la compressibilité des corps humains. Il prit les vingt plus sveltes des trente esclaves. Alors Tamango ne demanda plus qu'un verre d'eau-de-vie pour chacun des dix restants. Ledoux réfléchit que les enfants ne paient et n'occupent que demi-place dans les voitures publiques. Il prit donc trois enfants ; mais il déclara qu'il ne voulait plus se charger d'un seul Noir Tamango, voyant qu'il lui restait encore sept esclaves sur les bras, saisit son fusil et coucha en joue une femme qui venait la première : c'était la mère des trois enfants.

"Achète, dit-il au Blanc, ou je la tue ; un petit verre d'eau-de-vie ou je tire.

— Et que diable veux-tu que j'en fasse ?" répondit Ledoux. Tamango fit feu, et l'esclave tomba morte à terre.

"Allons à un autre ! s'écria Tamango en visant un vieillard tout cassé : un verre d'eau-de-vie, ou bien…" Une des femmes lui détourna le bras, et le coup partit au hasard. Elle venait de reconnaître dans le vieillard que son mari allait tuer un guiriot ou magicien, qui lui avait prédit qu'elle serait reine.

Tamango, que l'eau-de-vie avait rendu furieux, ne se posséda plus en voyant qu'on s'opposait à ses volontés.

Il frappa rudement sa femme de la crosse de son fusil ; puis se

tournant vers Ledoux : "Tiens, dit-il, je te donne cette femme."
Elle était jolie. Ledoux la regarda en souriant, puis il la prit par la main : "Je trouverai bien où la mettre", dit-il.

L'interprète était un homme humain. Il donna une tabatière de carton à Tamango, et lui demanda les six esclaves restants. Il les délivra de leurs fourches, et leur permit de s'en aller où bon leur semblerait. Aussitôt ils se sauvèrent, qui deçà, qui delà, fort embarrassés de retourner dans leur pays à deux cents lieues de la côte.

Cependant le capitaine dit adieu à Tamango et s'occupa de faire au plus vite embarquer sa cargaison. Il n'était pas prudent de rester longtemps en rivière ; les croiseurs pouvaient reparaître, et il voulait appareiller le lendemain. Pour Tamango, il se coucha sur l'herbe, à l'ombre, et dormit pour cuver son eau-de-vie.

Quand il se réveilla, le vaisseau était déjà sous voiles et descendait la rivière. Tamango, la tête encore embarrassée de la débauche de la veille, demanda sa femme Ayché. On lui répondit qu'elle avait eu le malheur de lui déplaire, et qu'il l'avait donnée en présent au capitaine blanc, lequel l'avait emmenée à son bord. À cette nouvelle, Tamango stupéfait se frappa la tête, puis il prit son fusil, et comme la rivière faisait plusieurs détours avant de se décharger dans la mer, il courut, par le chemin le plus direct, à une petite anse, éloignée de l'embouchure d'une demi-lieue. Là, il espérait trouver un canot avec lequel il pourrait joindre le brick, dont les sinuosités de la rivière devaient retarder la marche. Il ne se trompait pas : en effet, il eut le temps de se jeter dans un canot et de joindre le négrier Ledoux fut surpris de le voir, mais encore plus de l'entendre redemander sa femme.

"Bien donné ne se reprend plus", répondit-il.

Et il lui tourna le dos.

Le Noir insista, offrant de rendre une partie des objets qu'il avait reçus en échange des esclaves. Le capitaine se mit à rire, dit qu'Ayché était une très bonne femme, et qu'il voulait la garder. Alors le pauvre Tamango versa un torrent de larmes, et poussa des cris de douleur aussi aigus que ceux d'un malheureux qui subit une opération chirurgicale. Tantôt il se roulait sur le pont en appelant sa chère Ayché ; tantôt il se frappait la tête contre les planches, comme pour se tuer. Toujours impassible, le capitaine, en lui montrant le rivage, lui faisait signe qu'il était temps pour lui de s'en aller ; mais Tamango persistait. Il offrit jusqu'à ses épaulettes d'on son fusil et son sabre. Tout fut inutile.

Pendant ce débat, le lieutenant de L'Espérance dit au capitaine : "Il nous est mort cette nuit trois esclaves, nous avons de la place. Pourquoi ne prendrions-nous pas ce vigoureux coquin, qui vaut mieux à lui seul que les trois morts ?" Ledoux fit réflexion que Tamango se vendrait bien mille écus ; que ce voyage, qui s'annonçait comme très profitable pour lui, serait probablement son dernier ; qu'enfin sa fortune étant faite, et lui renonçant au commerce d'esclaves, peu lui importait de laisser à la côte de Guinée une bonne ou une mauvaise réputation.

D'ailleurs, le rivage était désert, et le guerrier africain entièrement à sa merci. Il ne s'agissait plus que de lui enlever ses armes ; car il eût été dangereux de mettre la main sur lui pendant qu'il les avait encore en sa possession. Ledoux lui demanda donc son fusil, comme pour l'examiner et s'assurer s'il valait bien autant que la belle Ayché. En faisant jouer les ressorts, il eut soin de laisser tomber la poudre de l'amorce. Le lieutenant de son côté maniait le sabre ; et, Tamango se trouvant ainsi désarmé, deux vigoureux matelots se jetèrent sur lui, le renversèrent sur le dos, et se mirent en devoir de le garrotter. La résistance du Noir fut héroïque. Revenu de sa première surprise, et malgré le désavantage de sa position, il lutta longtemps contre les deux matelots. Grâce à sa force prodigieuse, il parvint à se relever D'un coup de poing, il terrassa l'homme qui le tenait au collet ; il laissa un morceau de son habit entre les mains de l'autre matelot, et s'élança comme un furieux sur le lieutenant pour lui arracher son sabre. Celui-ci l'en frappa à la tête, et lui fit une blessure large, mais peu profonde.

Tamango tomba une seconde fois. Aussitôt on lui lia fortement les pieds et les mains. Tandis qu'il se défendait, il poussait des cris de rage, et s'agitait comme un sanglier pris dans les toiles ; mais, lorsqu'il vit que toute résistance était inutile, il ferma les yeux et ne fit plus aucun mouvement. sa respiration forte et précipitée prouvait seule qu'il était encore vivant.

"Parbleu ! s'écria le capitaine Ledoux, les Noirs qu'il a vendus vont rire de bon coeur en le voyant esclave à son tour. C'est pour le coup qu'ils verront bien qu'il y a une Providence." Cependant le pauvre Tamango perdait tout son sang.

Le charitable interprète qui, la veille, avait sauvé la vie à six esclaves, s'approcha de lui, banda sa blessure et lui adressa quelques paroles de consolation. Ce qu'il put lui dire, je l'ignore. Le Noir restait immobile, ainsi qu'un cadavre. Il fallut que deux matelots le portassent comme un paquet dans l'entrepont, à la place qui lui était destinée. Pendant deux jours, il ne voulut ni boire ni manger ; à peine lui vit-on ouvrir les yeux, ses compagnons de captivité, autrefois ses prisonniers, le virent paraître au milieu d'eux avec un étonnement stupide.

Telle était la crainte qu'il leur inspirait encore, que pas un seul n'osa insulter à la misère de celui qui avait causé la leur.

Favorisé par un bon vent de terre, le vaisseau s'éloignait rapidement de la côte d'Afrique. Déjà sans inquiétude au sujet de la croisière anglaise, le capitaine ne pensait plus qu'aux énormes bénéfices qui l'attendaient dans les colonies vers lesquelles il se dirigeait. son bois d'ébène se maintenait sans avaries. Point de maladies contagieuses. Douze Nègres seulement, et des plus faibles, étaient morts de chaleur : c'était bagatelle. Afin que sa cargaison humaine souffrît le moins possible des fatigues de la traversée, il avait l'attention de faire monter tous les jours ses esclaves sur le pont. Tour à tour un tiers de ces malheureux avait une heure pour faire sa provision d'air de toute la journée. Une partie de l'équipage les surveillait armée jusqu'aux dents, de peur de révolte ; d'ailleurs, on avait soin de ne jamais ôter entièrement leurs fers.

Quelquefois un matelot qui savait jouer du violon les régalait d'un concert. Il était alors curieux de voir toutes ces figures noires se tourner vers le musicien, perdre par degrés leur expression de désespoir stupide, rire d'un gros rire et battre des mains quand leurs chaînes le leur permettaient. L'exercice est nécessaire à la santé ; aussi l'une des salutaires pratiques du capitaine Ledoux c'était de faire souvent danser ses esclaves, comme on fait piaffer des chevaux embarqués pour une longue traversée.

"Allons, mes enfants, dansez, amusez-vous", disait le capitaine d'une voix de tonnerre, en faisant claquer un énorme fouet de poste.

Et aussitôt les pauvres Noirs sautaient et dansaient.

Quelque temps, la blessure de Tamango le retint sous les

écoutilles. Il parut enfin sur le pont ; et d'abord relevant la tête avec, fierté au milieu de la foule craintive des esclaves, il jeta un coup d'œil triste, mais calme, sur l'immense étendue d'eau qui environnait le navire, puis il se coucha, ou plutôt se laissa tomber sur les planches du tillac, sans prendre même le soin d'arranger ses fers de manière qu'ils lui fussent moins incommodes.

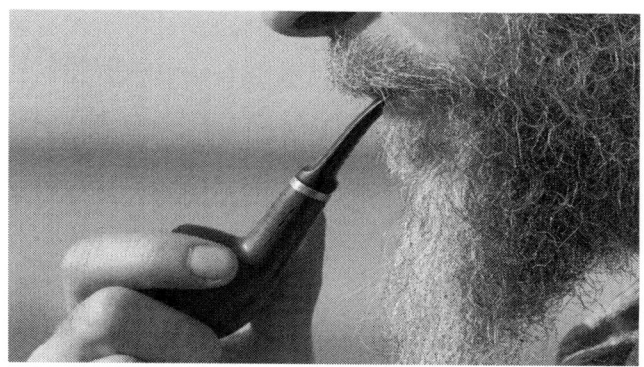

Ledoux, assis au gaillard d'arrière, fumait tranquillement sa pipe. Près de lui, Ayché, sans fers, vêtue d'une robe élégante de cotonnade bleue, les pieds chaussés de jolies pantoufles de maroquin, portant à la main un plateau chargé de liqueurs, se tenait prête à lui servir à boire. Il était évident qu'elle remplissait de hautes fonctions auprès du capitaine. Un Noir, qui détestait Tamango, lui fit signe de regarder de ce côté.

Tamango tourna la tête, l'aperçut, poussa un cri ; et, se levant avec impétuosité, courut vers le gaillard d'arrière avant que les matelots de garde eussent pu s'opposer à une infraction aussi énorme de toute discipline navale.

"Ayché ! cria-t-il d'une voix foudroyante, et Ayché poussa un cri de terreur ; crois-tu que dans le pays des Blancs il n'y ait point de MAMA-JUMBO ?" Déjà des matelots accouraient le bâton levé ; mais Tamango, les bras croisés, et comme insensible, retournait tranquillement à sa place, tandis qu'Ayché, fondant en larmes, semblait pétrifiée par ces mystérieuses paroles.

L'interprète expliqua ce qu'était ce terrible Mama-Jumbo, dont le nom seul produisait tant d'horreur "C'est le Croque-mitaine des Nègres, dit-il. Quand un mari a peur que sa femme ne fasse ce que font bien des femmes en France comme en Afrique, il la menace du Mama-Jumbo. Moi, qui vous parle, j'ai vu le Mama-Jumbo, et j'ai compris la ruse ; mais les Noirs.., comme c'est simple, cela ne comprend rien. — Figurez-vous qu'un soir, pendant que les femmes s'amusaient à danser, à faire un folgar comme ils disent dans leur jargon, voilà que, d'un petit bois bien touffu et bien sombre, on entend une musique étrange, sans que l'on vît personne pour la faire ; tous les musiciens étaient cachés dans le bois. Il y avait des flûtes de roseau, des tambourins de bois, des balafos, et des guitares faites avec des moitiés de calebasses. Tout cela jouait un air à porter le diable en terre. Les femmes n'ont pas plus tôt entendu cet air-là, qu'elles se mettent à trembler elles veulent se sauver, mais les maris les retiennent : elles savaient bien ce qui leur pendait à l'oreille. Tout à coup sort du bois une grande figure blanche, haute comme notre mât de perroquet, avec une tête grosse comme un boisseau, des yeux larges comme des écubiers, et une gueule comme celle du diable avec du feu dedans. Cela marchait lentement, lentement ; et cela n'alla pas plus loin qu'à demi encablure du bois. Les femmes criaient : « Voilà Mama-Jumbo ! » Elles braillaient comme des vendeuses d'huîtres. Alors les maris leur disaient :

— Allons, coquines, dites-nous si vous avez été sages ; si vous mentez, Mama-Jumbo est là pour vous manger toutes crues.

Il y en avait qui étaient assez simples pour avouer, et alors les maris les battaient comme plâtre.

— Et qu'était-ce donc que cette figure blanche, ce Mama-Jumbo ? demanda le capitaine.

— Eh bien, c'était un farceur affublé d'un grand drap blanc, portant, au lieu de tête, une citrouille creusée et garnie d'une chandelle allumée au bout d'un grand bâton. Cela n'est pas plus malin, et il ne faut pas de grands frais d'esprit pour attraper les Noirs. Avec tout cela, c'est une bonne invention que le Mama-

Jumbo, et je voudrais que ma femme y crût.

— Pour la mienne, dit Ledoux, si elle n'a pas peur de Mama-Jumbo, elle a peur de Martin-Bâton ; et elle sait de reste comment je l'arrangerais si elle me jouait quelque tour. Nous ne sommes pas endurants dans la famille des Ledoux, et quoique je n'aie qu'un poignet, il manie encore assez bien une garcette. Quant à votre drôle, là-bas, qui parle de Mama-Jumbo, dites-lui qu'il se tienne bien et qu'il ne fasse pas peur à la petite mère que voici, ou je lui ferai si bien ratisser l'échine, que son cuir de noir deviendra rouge comme un rosbif cru."

À ces mots, le capitaine descendit dans sa chambre, fit venir Ayché et tâcha de la consoler, mais ni les caresses, ni les coups même, car on perd patience à la fin, ne purent rendre traitable la belle Négresse ; des flots de larmes coulaient de ses yeux. Le capitaine remonta sur le pont, de mauvaise humeur, et querella l'officier de quart sur la manoeuvre qu'il commandait dans le moment.

La nuit, lorsque presque tout l'équipage dormait d'un profond sommeil, les hommes de garde entendirent d'abord un chant grave, solennel, lugubre, qui partait de l'entrepont, puis un cri de femme horriblement aigu.

Aussitôt après, la grosse voix de Ledoux jurant et menaçant, et le bruit de son terrible fouet, retentirent dans tout le bâtiment. Un instant après, tout rentra dans le silence. Le lendemain, Tamango parut sur le pont la figure meurtrie, mais l'air aussi fier, aussi résolu qu'auparavant. À peine Ayché l'eut-elle aperçu, que quittant le gaillard d'arrière où elle était assise à côté du capitaine, elle courut avec rapidité vers Tamango, s'agenouilla devant lui, et lui dit avec un accent de désespoir concentré :

"Pardonne-moi, Tamango, pardonne-moi !" Tamango la regarda fixement pendant une minute ; puis, remarquant que l'interprète était éloigné :

"Une lime !" dit-il.

Et il se coucha sur le tillac en tournant le dos à Ayché.

Le capitaine la réprimanda vertement, lui donna même quelques soufflets, et lui défendit de parler à son ex mari ; mais il était loin de soupçonner le sens des courtes paroles qu'ils avaient échangées, et il ne fit aucune question à ce sujet.

Cependant Tamango, renfermé avec les autres esclaves, les exhortait jour et nuit à tenter un effort généreux pour recouvrer leur liberté. Il leur parlait du petit nombre des Blancs, et leur faisait remarquer la négligence toujours croissante de leurs gardiens ; puis, sans s'expliquer nettement, il disait qu'il saurait les ramener dans leur pays, vantait son savoir dans les sciences occultes, dont les Noirs sont fort entichés, et menaçait de la vengeance du diable ceux qui se refuse raient à l'aider dans son entreprise. Dans ses harangues, il ne se servait que du dialecte des Peuples, qu'entendaient la plupart des esclaves, mais que l'interprète ne comprenait pas. La réputation de l'orateur, l'habitude qu'avaient les esclaves de le craindre et de lui obéir, vinrent merveilleusement au secours de son éloquence, et les Noirs le pressèrent de fixer un jour pour leur délivrance, bien avant que lui-même se crût en état de l'effectuer Il répondit vaguement aux conjurés que le temps n'était pas venu, et que le diable, qui lui apparaissait en songe, ne l'avait pas encore averti, mais qu'ils eussent à se tenir prêts au premier signal. Cependant il ne négligeait aucune occasion de faire des expériences sur la vigilance de ses gardiens. Une fois, un matelot, laissant son fusil appuyé contre les plats-bords, s'amusait à regarder une troupe de poissons volants qui suivaient le vaisseau ; Tamango prit le fusil et se mit à le manier imitant avec des gestes grotesques les mouvements qu'il avait vu faire à des matelots qui faisaient l'exercice. On lui retira le fusil au bout d'un instant ; mais il avait appris qu'il pourrait toucher une arme sans éveiller immédiatement le soupçon ; et, quand le temps viendrait de s'en servir, bien hardi celui qui voudrait la lui arracher des mains.

Un jour, Ayché lui jeta un biscuit en lui faisant un signe que lui seul comprit. Le biscuit contenait une petite lime : c'était de cet instrument que dépendait la réussite du complot. D'abord Tamango se garda bien de montrer la lime à ses compagnons ; mais, lorsque la nuit fut venue, il se mit à murmurer des paroles inintelligibles qu'il accompagnait de gestes bizarres. Par degrés, il s'anima jusqu'à pousser des cris. À entendre les intonations variées de sa voix, on eût dit qu'il était engagé dans une conversation animée avec une personne invisible. Tous les esclaves tremblaient, ne doutant pas que le diable ne fût en ce moment même au milieu d'eux. Tamango mit fin à cette scène en poussant un cri de joie.

"Camarades, s'écria-t-il, l'esprit que j'ai conjuré vient enfin de m'accorder ce qu'il m'avait promis, et je tiens dans mes mains l'instrument de notre délivrance : Maintenant il ne vous faut plus qu'un peu de courage pour vous faire libres." Il fit toucher la lime à ses voisins, et la fourbe, toute grossière qu'elle était, trouva créance auprès d'hommes encore plus grossiers.

Après une longue attente vint le grand jour de vengeance et de liberté. Les conjurés, liés entre eux par un serment solennel, avaient arrêté leur plan après une mûre délibération. Les plus déterminés, ayant Tamango à leur tête, lorsqu'ils monteraient à leur tour sur le pont, devaient s'emparer des armes de leurs gardiens ; quelques autres iraient à la chambre du capitaine pour y prendre les fusils qui s'y trouvaient.

Ceux qui seraient parvenus à limer leurs fers devaient commencer l'attaque ; mais, malgré le travail opiniâtre de plusieurs nuits, le plus grand nombre des esclaves était encore incapable de prendre une part énergique à l'action.

Aussi trois Noirs robustes avaient la charge de tuer l'homme qui portait dans sa poche la clef des fers, et d'aller aussitôt délivrer leurs compagnons enchaînés.

Ce jour-là, le capitaine Ledoux était d'une humeur charmante, contre sa coutume, il fit grâce à un mousse qui avait mérité le fouet. Il complimenta l'officier de quart sur sa manoeuvre, déclara à l'équipage qu'il était content, et lui annonça qu'à la Martinique, où ils arriveraient dans peu, chaque homme recevrait une gratification. Tous les matelots, entretenant de si agréables idées, faisaient déjà dans leur tête l'emploi de cette gratification. Ils pensaient à l'eau-de-vie et aux femmes de couleur de la Martinique, lorsqu'on fit monter sur le pont Tamango et les autres conjurés.

Ils avaient eu soin de limer leurs fers de manière qu'ils ne parussent pas être coupés, et que le moindre effort suffît cependant pour les rompre. D'ailleurs, ils les faisaient si bien résonner, qu'à les entendre on eût dit qu'ils en portaient un double poids. Après avoir humé l'air quelque temps, ils se prirent tous par la main et se mirent à danser pendant que Tamango entonnait le chant guerrier de sa famille, qu'il chantait autrefois avant d'aller au combat. Quand la danse eut duré quelque temps,

Tamango, comme épuisé de fatigue, se coucha tout de son long au pied d'un matelot qui s'appuyait nonchalamment contre les plats-bords du navire ; tous les conjurés en firent autant.

De la sorte, chaque matelot était entouré de plusieurs Noirs.

Tout à coup Tamango, qui venait doucement de rompre ses fers, pousse un grand cri, qui devait servir de signal, tire violemment par les jambes le matelot qui se trouvait près de lui, le culbute, et, lui mettant le pied sur le ventre, lui arrache son fusil, et s'en sert pour tuer l'officier de quart. En même temps, chaque matelot de garde est assailli, désarmé et aussitôt égorgé. De toutes parts, un cri de guerre s'élève. Le contremaître, qui avait la clef des fers, succombe un des premiers. Alors une foule de Noirs inondent le tillac. Ceux qui ne peuvent trouver d'armes saisissent les barres du cabestan ou les rames de la chaloupe. Dés ce moment, l'équipage européen fut perdu. Cependant quelques matelots firent tête sur le gaillard d'arrière ; mais ils manquaient d'armes et de résolution. Ledoux était encore vivant et n'avait rien perdu de son courage, s'apercevant que Tamango était l'âme de la conjuration, il espéra que, s'il pouvait le tuer il aurait bon marché de ses complices. Il s'élança donc à sa rencontre, le sabre à la main, en l'appelant à grands cris. Aussitôt Tamango se précipita sur lui. Il tenait un fusil par le bout du canon et s'en servait comme d'une massue. Les deux chefs se joignirent sur un des passavants, ce passage étroit qui communique du gaillard d'avant à l'arrière. Tamango frappa le premier. Par un léger mouvement de corps, le Blanc évita le coup. La crosse, tombant avec force sur les planches, se brisa, et le contrecoup fut si violent, que le fusil échappa des mains de Tamango. Il était sans défense, et Ledoux, avec un sourire de joie diabolique, levait le bras et allait le percer ; mais Tamango était aussi agile que les panthères de son pays.

Il s'élança dans les bras de son adversaire et lui saisit la main dont il tenait son sabre. L'un s'efforce de retenir son arme, l'autre de l'arracher. Dans cette lutte furieuse, ils tombent tous les deux ; mais l'Africain avait le dessous.

Alors, sans se décourager, Tamango, étreignant son adversaire de toute sa force, le mordit à la gorge avec tant de violence, que le sang jaillit comme sous la dent d'un lion. Le sabre échappa de la main défaillante du capitaine. Tamango s'en saisit ; puis, se relevant, la bouche sanglante, et poussant un cri de triomphe, il perça de coups redoublés son ennemi déjà demi-mort.

La victoire n'était plus douteuse. Le peu de matelots qui restaient essayèrent d'implorer la pitié des révoltés ; mais tous, jusqu'à l'interprète, qui ne leur avait jamais fait de mal, furent impitoyablement massacrés. Le lieutenant mourut avec gloire. Il s'était retiré à l'amère, auprès d'un de ces petits canons qui tournent sur un pivot, et que l'on charge de mitraille. De la main gauche, il dirigea la pièce, et, de la droite, armé d'un sabre, il se défendit si bien qu'il attira autour de lui une foule de Noirs. Alors, pressant la détente du canon, il fit au milieu de cette masse serrée une large rue pavée de morts et de mourants. Un instant après il fut mis en pièces.

Lorsque le cadavre du dernier Blanc, déchiqueté et coupé par morceaux, eut été jeté à la mer, les Noirs, rassasiés de vengeance, levèrent les yeux vers les voiles du navire, qui, toujours enflées par un vent frais, semblaient obéir encore à leurs oppresseurs et mener les vainqueurs, malgré leur triomphe, vers la terre de l'esclavage.

"Rien n'est donc fait, pensèrent-ils avec tristesse ; et ce grand fétiche des Blancs voudra-t-il nous ramener dans notre pays, nous qui avons versé le sang de ses maîtres ?" Quelques-uns dirent que Tamango saurait le faire obéir Aussitôt on appelle Tamango à grands cris.

Il ne se pressait pas de se montrer. On le trouva dans la chambre de poupe, debout, une main appuyée sur le sabre sanglant du capitaine ; l'autre, il la tendait d'un air distrait à sa femme Ayché, qui la baisait à genoux devant lui. La joie d'avoir vaincu ne diminuait pas une sombre inquiétude qui se trahissait dans toute sa contenance. Moins grossier que les autres, il sentait mieux la difficulté de sa position.

Il parut enfin sur le tillac, affectant un calme qu'il n'éprouvait pas. Pressé par cent voix confuses de diriger la course du vaisseau, il s'approcha du gouvernail à pas lents, comme pour retarder un peu le moment qui allait, pour lui-même et pour les autres, décider de l'étendue de son pouvoir. Dans tout le vaisseau, il n'y avait pas un Noir, si stupide qu'il fût, qui n'eût remarqué l'influence qu'une certaine roue et la boîte placée en face exerçaient sur les mouvements du navire ; mais, dans ce mécanisme, il y avait toujours pour eux un grand mystère. Tamango examina la boussole pendant longtemps en remuant les lèvres, comme s'il lisait les caractères qu'il y voyait tracés ; puis il portait la main à son front, et prenait l'attitude pensive d'un homme qui fait un calcul de tête.

Tous les Noirs l'entouraient, la bouche béante, les yeux démesurément ouverts, suivant avec anxiété le moindre de ses gestes.

Enfin, avec ce mélange de crainte et de confiance que l'ignorance donne, il imprima un violent mouvement à la roue du gouvernail.

Comme un généreux coursier qui se cabre sous l'éperon du cavalier imprudent, le beau brick L'Espérance bondit sur la vague à cette manœuvre inouïe. On eût dit qu'indigné il voulait s'engloutir avec son pilote ignorant.

Le rapport nécessaire entre la direction des voiles et celle du gouvernail étant brusquement rompu, le vaisseau s'inclina avec tant de violence, qu'on eût dit qu'il allait s'abîmer, ses longues vergues plongèrent dans la mer. Plusieurs hommes furent renversés, quelques-uns tombèrent par-dessus le bord. Bientôt le vaisseau se releva fièrement contre la lame, comme pour lutter encore une fois avec la destruction. Le vent redoubla d'efforts, et tout d'un coup, avec un bruit horrible, tombèrent les deux mâts, cassés à quelques pieds du pont, couvrant le tillac de débris et comme d'un lourd filet de cordages.

Les Nègres épouvantés fuyaient sous les écoutilles en poussant des cris de terreur ; mais, comme le vent ne trouvait plus de prise, le vaisseau se releva et se laissa doucement ballotter par les flots. Alors les plus hardis des Noirs remontèrent sur le tillac et le débarrassèrent des débris qui l'obstruaient. Tamango restait immobile, le coude appuyé sur l'habitacle et se cachant le visage sur son bras replié. Ayché était auprès de lui, mais n'osait lui adresser la parole. Peu à peu les Noirs s'approchèrent ; un murmure s'éleva, qui bientôt se changea en un orage de reproches et d'injures.

"Perfide ! imposteur ! s'écriaient-ils, c'est toi qui as causé tous nos maux, c'est toi qui nous as vendus aux Blancs, c'est toi qui nous as contraints de nous révolter contre eux. Tu nous avais vanté ton savoir tu nous avais promis de nous ramener dans notre pays. Nous t'avons cru, insensés que nous étions ! et voilà que nous avons manqué de périr tous parce que tu as offensé le fétiche des Blancs." Tamango releva fièrement la tête, et les Noirs qui l'entouraient reculèrent intimidés. Il ramassa deux fusils, fit signe à sa femme de le suivre, traversa la foule, qui s'ouvrit devant lui, et se dirigea vers l'avant du vaisseau. Là, il se fit comme un rempart avec des tonneaux vides et des planches ; puis il s'assit au milieu de cette espèce de retranchement, d'où sortaient menaçantes les baïonnettes de ses deux fusils. On le laissa tranquille.

Parmi les révoltés, les uns pleuraient ; d'autres, levant les mains au ciel, invoquaient leurs fétiches et ceux des Blancs ; ceux-ci, à genoux devant la boussole, dont ils admiraient le mouvement continuel, la suppliaient de les ramener dans leur pays ; ceux-là se couchaient sur le tillac dans un morne abattement. Au milieu de ces désespérés, qu'on se représente des femmes et des enfants hurlant d'effroi, et une vingtaine de blessés implorant des secours que personne ne pensait à leur donner.

Tout à coup un Nègre paraît sur le tillac : son visage est radieux. Il annonce qu'il vient de découvrir l'endroit où les Blancs gardent leur eau-de-vie ; sa joie et sa contenance prouvent assez qu'il vient d'en faire l'essai.

Cette nouvelle suspend un instant les cris de ces malheureux. Ils courent à la cambuse et se gorgent de liqueur Une heure après, on les eût vus sauter et rire sur le pont, se livrant à toutes les extravagances de l'ivresse la plus brutale. Leurs danses et leurs chants étaient accompagnés des gémissements et des sanglots des blessés. Ainsi se passa le reste du jour et toute la nuit.

Le matin, au réveil, nouveau désespoir. Pendant la nuit, un grand nombre de blessés étaient morts. Le vaisseau flottait entouré de cadavres. La mer était grosse et le ciel brumeux. On tint conseil. Quelques apprentis dans l'art magique, qui n'avaient point osé parler de leur savoir-faire devant Tamango, offrirent tour à tour leurs services. On essaya plusieurs conjurations puissantes. À chaque tentative inutile, le découragement augmentait. Enfin on reparla de Tamango, qui n'était pas encore sorti de son retranchement. Après tout, c'était le plus savant d'entre eux, et lui seul pouvait les tirer de la situation horrible où il les avait placés. Un vieillard s'approcha de lui, porteur de propositions de paix. Il le pria de venir donner son avis ; mais Tamango, inflexible comme Coriolan, fut sourd à ses prières. La nuit, au milieu du désordre, il avait fait sa provision de biscuits et de chair salée. Il paraissait déterminé à vivre seul dans sa retraite.

L'eau-de-vie restait. Au moins elle fait oublier et la mer, et l'esclavage, et la mort prochaine. On dort, on rêve de l'Afrique, on voit des forêts de gommiers, des cases couvertes en paille, des baobabs dont l'ombre couvre tout un village. L'orgie de la veille recommença.

De la sorte se passèrent plusieurs jours. Crier, pleurer s'arracher les cheveux, puis s'enivrer et dormir, telle était leur vie. Plusieurs moururent à force de boire ; quelques-uns se jetèrent à la mer, ou se poignardèrent.

Un matin, Tamango sortit de son fort et s'avança jusqu'auprès du tronçon du grand mât.

"Esclaves, dit-il, l'Esprit m'est apparu en songe et m'a révélé les moyens de vous tirer d'ici pour vous ramener dans votre pays. Votre ingratitude mériterait que je vous abandonnasse ; mais j'ai pitié de ces femmes et de ces enfants qui crient. Je vous pardonne : écoutez-moi." Tous les Noirs baissèrent la tête avec respect et se serrèrent autour de lui.

"Les Blancs, poursuivit Tamango, connaissent seuls les paroles puissantes qui font remuer ces grandes maisons de bois ; mais nous pouvons diriger à notre gré ces barques légères qui ressemblent à celles de notre pays." Il montrait la chaloupe et les autres embarcations du brick.

"Remplissons-les de vivres, montons dedans, et ramons dans la direction du vent ; mon maître et le vôtre le fera souffler vers notre pays."

On le crut. Jamais projet ne fut plus insensé. Ignorant l'usage de la boussole, et sous un ciel inconnu, il ne pouvait qu'errer à l'aventure. D'après ses idées, il s'imaginait qu'en ramant tout droit devant lui, il trouverait à la fin quelque terre habitée par les Noirs, car les Noirs possèdent la terre, et les Blancs vivent sur leurs vaisseaux. C'est ce qu'il avait entendu dire à sa mère.

Tout fut bientôt prêt pour l'embarquement ; mais la chaloupe avec un canot seulement se trouva en état de servir. C'était trop peu pour contenir environ quatre-vingts Nègres encore vivants. Il fallut abandonner tous les blessés et les malades. La plupart demandèrent qu'on les tuât avant de se séparer d'eux. Les deux embarcations, mises à flot avec des peines infinies et chargées outre mesure, quittèrent le vaisseau par une mer clapoteuse, qui menaçait à chaque instant de les engloutir Le canot s'éloigna le premier. Tamango avec Ayché avait pris place dans la chaloupe, qui beaucoup plus lourde et plus chargée, demeurait considérablement en arrière. On entendait encore les cris plaintifs de quelques malheureux abandonnés à bord du brick, quand une vague assez forte prit la chaloupe en travers et l'emplit d'eau. En moins d'une minute, elle coula. Le canot vit leur désastre, et ses rameurs doublèrent d'efforts de peur d'avoir à recueillir quelques naufragés. Presque tous ceux qui montaient la chaloupe furent noyés. Une douzaine seulement put regagner le vaisseau. De ce nombre étaient Tamango et Ayché.

Quand le soleil se coucha, ils virent disparaître le canot derrière l'horizon, mais ce qu'il devint, on l'ignore.

Pourquoi fatiguerais-je le lecteur par la description dégoûtante des tortures de la faim ? Vingt personnes environ sur un espace étroit, tantôt ballottées par une mer orageuse, tantôt brûlées par un soleil ardent, se disputent tous les jours les faibles restes de leurs provisions. Chaque morceau de biscuit coûte un combat, et le faible meurt, non parce que le fort le tue, mais parce qu'il le laisse mourir.

Au bout de quelques jours, il ne resta plus de vivant à bord du brick L'Espérance que Tamango et Ayché.

Une nuit, la mer était agitée, le vent soufflait avec violence, et l'obscurité était si grande, que de la poupe on ne pouvait voir la proue du navire. Ayché était couchée sur un matelas dans la chambre du capitaine, et Tamango était assis à ses pieds. Tous les deux gardaient le silence depuis longtemps.

"Tamango, s'écria enfin Ayché, tout ce que tu souffres, tu le souffres à cause de moi…

— Je ne souffre pas", répondit-il brusquement. Et il jeta sur le matelas, à côté de sa femme, la moitié d'un biscuit qui lui restait.

"Garde-le pour toi, dit-elle en repoussant doucement le biscuit ; je n'ai plus faim. D'ailleurs, pourquoi manger ? Mon heure n'est-elle pas venue ?" Tamango se leva sans répondre, monta en chancelant sur le tillac et s'assit au pied d'un mât rompu. La tête penchée sur sa poitrine, il sifflait l'air de sa famille. Tout à coup un grand cri se fit entendre au-dessus du bruit du vent et de la mer ; une lumière parut. Il entendit d'autres cris, et un gros vaisseau noir glissa rapidement auprès du sien ; si près, que les vergues passèrent au-dessus de sa tête. Il ne vit que deux figures éclairées par une lanterne suspendue à un mât. Ces gens poussèrent encore un cri, et aussitôt leur navire, emporté par le vent, disparut dans l'obscurité. sans doute les hommes de garde avaient aperçu le vaisseau naufragé ; mais le gros temps les empêchait de virer de bord. Un instant après, Tamango vit la flamme d'un canon et entendit le bruit de l'explosion ; puis il vit la flamme d'un autre canon, mais il n'entendit aucun bruit ; puis il ne vit plus rien.

Le lendemain, pas une voile ne paraissait à l'horizon. Tamango se recoucha sur son matelas et ferma les yeux. sa femme Ayché était morte cette nuit-là.

Je ne sais combien de temps après, une frégate anglaise, la Bellone, aperçut un bâtiment démâté et en apparence abandonné de son équipage. Une chaloupe, l'ayant abordé, y trouva une Négresse morte et un Nègre si décharné et si maigre, qu'il ressemblait à une momie. Il était sans connaissance, mais avait encore un souffle de vie. Le chirurgien s'en empara, lui donna des soins, et quand la Bellone aborda à Kingston, Tamango était en parfaite santé. On lui demanda son histoire. Il dit ce qu'il en savait. Les planteurs de l'île voulaient qu'on le pendît comme un Nègre rebelle ; mais le gouverneur, qui était un homme humain, s'intéressa à lui, trouvant son cas justifiable, puisque, après tout, il n'avait fait qu'user du droit légitime de défense ; et puis ceux qu'il avait tués n'étaient que des Français. On le traita comme on traite les Nègres pris à bord d'un vaisseau négrier que l'on confisque. On lui donna la liberté, c'est-à-dire qu'on le fit travailler pour le gouvernement ; mais il avait six sous par jour et la nourriture. C'était un fort bel homme. Le colonel du 75e le vit et le prit pour en faire un cymbalier dans la musique de son régiment.

Il apprit un peu d'anglais ; mais il ne parlait guère. En revanche, il buvait avec excès du rhum et du tafia. — Il mourut à l'hôpital d'une inflammation de poitrine.

1829

Printed in Great Britain
by Amazon